W0353023

Le Dictionnaire de Laurent Baffie

L'intégrale

KERO

Du même auteur

- *Le Dictionnaire de Laurent Baffie*, Kero, 2012 ; Le Livre de Poche, 2016
- *C'est quoi ce bordel ?!*, Kero, 2013
- *500 questions que personne ne se pose*, Kero, 2014
- *Dictionnaire des noms propres (ou presque !)*, Kero, 2015
- *Mes petites annonces drôles, poétiques ou franchement limites*, Kero, 2017
- *Le Dico 2*, Kero, 2019 ; Le Livre de Poche, 2022
- *Le Guide de la repartie*, Kero, 2021

KERO
une marque
CALMANN LEVY

© Éditions Kero, 2022

COUVERTURE

Maquette : Olo.éditions

ISBN : 978-2-7021-6853-0

A

A
Lettre à l'arrière des voitures qui roulent comme des merdes.

Abattoir
Endroit impossible à décrire sans atteindre le point Godwin.

ABBA
Groupe de rock préféré des tripiers.

Abdominaux

Tablettes de chocolat qui avec l'âge se transforment en pot de Nutella.

ABS

Système de freinage qui ne permet pas d'éviter le mur quand on pique dans la caisse de sa propre société.

Absentéisme

Petit concours entre profs et élèves.

Abstrait

Forme d'art qui permet de ne plus se casser le cul à apprendre à dessiner.

Académicien

Vieillard cacochyme et lettré qui sodomise les diptères par ordre alphabétique.

A capella

Formule musicale qui permet d'économiser un orchestre.

Acarien

Morpion pour personne de petite taille.

Accident

Événement malheureux qui peut provoquer un mort quand on crève un pneu ou une naissance quand on crève une capote.

Accouchement

Frisée aux lardons.

Acide

Drogue dure dont les chats sont particulièrement friands.
(Voir les acides à minet.)

Acolyte

Copain qui ne veut pas décliner son identité.
(Voir les acolytes anonymes.)

Acouphènes

Ce dont souffrait Richard Anthony qui entendait en permanence siffler le train.

Acrostiche

Moyen fin et délicat de faire passer des messages subliminaux. Ex :

Sachez très chère amie
Un instant deviner
Ce qui dans mon esprit
Enivre mes pensées

Mon désir contrarié
Assiège ma volonté

Béat je reste muet
Incapable d'avouer
Tout mon trouble à l'idée
Enfin d'être embouché !

Acupuncteur

Joueur de fléchettes conventionné.

Addition

Papier qui donne envie de pisser aux radins.

Adjoint

Premier prénom de Homer Simpson. (Voir Adjoint Homer.)

ADN

Double hélice qui fait avancer la généalogie et reculer la criminalité.

Adolescence

Période pendant laquelle on prend son pied avec sa main.

Adultère

Changement d'herbage qui réjouit les veaux et surtout les porcs.

Agapes

Repas copieux qui fout le moral en l'air si on en croit B. B. King. (Voir agapes the blues.)

Âge

Système de calcul de la vie qui passe.

Âge de glace : âge préféré des enfants.

Moyen Âge : la quarantaine chez l'homme.

Âge légal : mesure antipédophile.

Âge limite : date de péremption.

Fleur de l'âge : période où la tige fonctionne encore bien.

Âge de pierre : on s'en fout, on sait même pas qui c'est !

Âge de bronze : période où l'homme a commencé à chier.

Âge des cavernes : invention de la gynécologie.

Agora

Ancienne place publique où les Grecs vendaient leurs pulls.

Agrume

Fruit amer aux zestes parfois déplacés.

Aigri

Personne amère et jalouse qui demeure jusqu'au bout.

Ex : Les paroles s'en vont, les aigris restent.

Ail

Plante qui éloigne les pelles et attire les râteaux.

Aïoli

Mayo pour sado-maso.

Alcool

Boisson qui permet aux mecs de baiser des filles moches et inversement.

Allégorie

Traduction d'une idée simple par une métaphore alambiquée :
« À l'apéro, Robert a pété dans le jardin. »
« À l'heure où les nymphes et les Myrmidons viennent se désaltérer, Robert tel Éole a fait souffler un vent putride sur le jardin des Hespérides. »

Allégro

Temps rapide qui permet de brûler des calories.

Allergologue

Toubib qui a du travail grâce au bouleau.

All in

Vieille chanson de Christophe qui à l'époque débutait au poker.

Alpinisme

Ascension sportive de haute montagne inventée dans les Alpes (d'où le nom). Pratiquer l'alpinisme dans les Pyrénées est aussi illogique que d'organiser le Paris-Dakar en Amérique du Sud, de donner le départ du tour de France en Allemagne ou de pratiquer la sodomie dans le vagin !

Alzheimer

Maladie qui permet de regarder tous les soirs le DVD de *Rabbi Jacob* avec le même plaisir.

Amant

Ce que prend une femme quand son mari ne la prend plus.

Amazone

Cavalière qui peut vous livrer en moins de 24 heures.

Âme

Chose qu'on doit rendre avant de partir.

Amen

Mot religieux dont certains abusent pour se faire servir à table.

Ami

Personne qui est toujours là quand on n'a besoin de rien.

Amitié

Amour sans pénétration.

Amorale

Moutarde issue d'un commerce non équitable.

Amour

Sentiment vif qui pousse Lara Fabian à chanter très fort et Carla Bruni très doucement.

Amour-propre

Sentiment qui ne salit pas les draps.

Anachronisme

Le premier anachronisme a été observé par Socrate le jour où il découvrit que son voisin de palier n'était autre que Patrick Hernandez. Abasourdi, il tweeta immédiatement l'info.

Anagrammes

Le soir mon ***chien***
rentre dans sa ***niche***,
la ***police picole***, et mes
couilles ressemblent
à des ***lucioles***.
Et moi, ***Laurent***,
je trouve ça ***naturel***.

Anathème

Malédiction qui, contrairement au boomerang, ne revient pas quand on la jette.

Ancillaire

Relation qui se noue quand la bonne est trop bonne.

Anecdote

Petite histoire qui peut prendre des plombes quand c'est Michel Drucker qui la raconte.

Ange

Petit chérubin qui a intérêt à passer très vite dans les conversations s'il ne veut pas se faire enculer.

Anis

Plante aromatique qui à une lettre près changerait totalement le goût du pastis.

Année

Période de douze mois qui peut se dilater à loisir chez les femmes qui ont passé la quarantaine.

Anoblir

Faire d'un gueux un aristo.
Ex : La baronne de Rothschild
Le comte de Paris
Le fils de pute

Anonymat

Ce dont rêvent les stars qui rêvaient de célébrité.

Antidépresseur

Cachet de la poste qui permet aux employés de travailler et aux usagers de patienter.

Antillais

Français de bonne compagnie (créole).

Antimoine

Élément chimique que les enfants de chœur associent à de la poudre à récurer.

Antiquaire

Marchand efféminé qui passe sa journée à dénigrer la capitale égyptienne.

Antisèche

Lubrifiant pour tricheuse.

Antiseptique

Médicament pour les crises de foi.

Anus

Cercle vicieux, également appelé petite porte du fion, qui permet d'expulser les indésirables et recevoir des amis.

Aorte

Grande artère pas forcément parisienne qui fout bien le bordel quand elle est bouchée.

Apartheid

Régime scandaleux de ségrégation entre les Blancs et les Noirs encore appliqué aujourd'hui sur les échiquiers et les jeux de dames.

Apéro

Pratique inventée par les Romains :
O tempura o mauresque.

Apiculteur

Paysan heureux qui fait son beurre avec du miel quand il ne fait pas la politique de l'autre ruche.

Apnéiste

Petit malin qui peut atteindre l'ivresse sans bouteille.

Apollo

« On ne dit pas la capsule Apollo, mais la capsule **de** Paulo et la grosse bite **à** Dudule. » (Maître CAPELLO)

Appétit

Si l'appétit vient en mangeant, pourquoi le serveur ne vient jamais quand on l'appelle ?

Applique

Éclairage qu'il ne faut jamais redresser quand on sort du bain (même le lundi au soleil).

Aquarelle

Peinture à l'eau qui permet d'exprimer toute sa sensibilité. (Voir Adolf Hitler.)

Araignée

Grande cinéphile qui ne perd pas le fil quand elle se paye une toile.

Arbitre

Connard en short avec un sifflet que les supporters invitent régulièrement à se rendre aux toilettes.

Arbre

Végétal dont les graines réservent des surprises quand il est généalogique.

Archéologue

Type qui s'en met plein les fouilles.

Ardoise

Roche que l'on a au-dessus de la tête à la maison, devant les yeux à l'école, et sous le nez au bistrot.

Argenterie

Deuxième chose que la bonne astique après Monsieur.

Argot

Vocabulaire vulgaire que l'on interdit à nos enfants et qui finit dans le dictionnaire.

Ascenseur

Moyen de transport qui permet de voyager dans les mêmes conditions que son patron.

Ascètes

Personnes rigoureuses qui prennent leurs rendez-vous par groupes de cinq.
(Voir : Les rendez-vous de cinq ascètes.)

Aubade

Concert que les messieurs donnent aux femmes qui ont du monde au balcon.

Aubergine

Sex-toy de nos grands-mères qui savaient donner du goût à la ratatouille.

Audimat

Mesure du nombre de personnes irradiées par la connerie.

Aussi

Adverbe qui a pourri la vie de plusieurs générations de Félicie.

Autocensure

Procédé qui permet à l'auteur d'économiser des frais d'avocat.

Autodidacte

Personne qui ne peut s'en prendre qu'à elle-même.

Auto-école

Établissement d'où on est libéré pour bonne conduite.

Autoportrait

Figure imposée.

Autopsie

Examen totalement indolore sauf pour les sujets qui se réveillent pendant.

Auto-stop

Pratique de transport qui marche beaucoup moins bien quand on tend le majeur.

Auto-stoppeur

Inventeur du covoiturage.

Avalanche

Déluge parfois provoqué par des luges. Gros glissement de neige qui peut tout défoncer sur son passage car elle se fait en coulée.

Avion

Moyen de transport le plus sûr qui me fait le plus peur.

Aviron

Barque approximative.

Avocat

Fruit du barreau.

Aye-aye

Primate très douillet.

B

BA

Bonne action qui consiste en général à faire traverser une petite vieille qui n'a strictement rien à foutre sur le trottoir d'en face.

Babyfoot

Terrain de foot où l'exclusion d'un joueur nécessite un tournevis et une pince crocodile.

Baby-sitter

Jeune étudiante qui passe plus de temps avec l'enfant que la mère mais que le père n'a pas le droit de baiser.

Bacchanales

Orgie pendant laquelle les jeunes bacheliers se font sodomiser.

Backroom

Arrière-salle pour arrières propres.

Badiner

Prendre les choses à la légère quitte à oublier de manger.

Ex : « Tu as faim ? »

« Oui, j'ai badiné. »

Baffe

Punition qui apprend aux petits enfants à compter jusqu'à trois.

Bagagiste

Métier que l'on exerce quand on n'a pas de bagage.

Bagarre

Multiplication des pains.

Baiser

Mot ambigu qui désigne à la fois le préliminaire et la finalité.

Baiser (de Judas)

Papouilles à travers la porte.

Balai

Objet qui peut vous mener au placard surtout s'il est rose.

Balance

Ennemie intime.

Balayette

Petite brosse qui se range, si l'on en croit la légende populaire, dans un endroit très intime de sa personne.

Ballon

Truc qu'il ne faut pas boire si on doit souffler dedans après.

Banque

Établissement qui nous refuse un découvert et dont on paye les faillites.

Bar

Poisson dangereux.

Ex : Près de la raie, le bar t'abat.

Baragouin

Mot trompeur qui ne désigne pas le masculin d'un café lesbien.

Barbu

Passager qui stresse tout le monde dans l'avion.

Bar-mitsva

Cérémonie pendant laquelle un petit ado casse-couilles devient un homme du jour au lendemain.

Baromètre

Objet qui peut faire très mal si on le confond avec le thermomètre.

Baroque

Musique des années soixante pour les personnes de petite taille.

Barrage

Édifice spectaculaire qui fait preuve de retenue.

Barreau

Objet singulier pour les avocats et pluriel pour les détenus.

Bartavelle

La Gloire de mon père.

Contraire : Bar à putes, la Honte de mon père.

Bas de laine

Vêtement où le peuple cachait autrefois son argent. (Pour les plus riches, voir les bas de laine à bosse.)

Basketball

Sport où on peut mettre la main au panier sans passer pour un porc.

Bataille

C'est mon fils !

Bâtard

Pain de boulanger inconnu.

Batteur

Musicien qui se fait le plus chier à porter son matos dans les tournées.

Beatniks

Suite logique.

Beaujolais

Mauvais pinard qui pète plus haut que son cru.

Beaux-parents

Personnes dont on souhaite la mort mais chez qui on va déjeuner tous les dimanches.

Bégaiement

Équivalent oral du trouble de la prostate.

Bègue

Personne qui a intérêt à avoir un forfait illimité.

Belle-mère

Vision futuriste de sa propre femme.

Bénin

Pays sans conséquence.

Bénitier

Gros coquillage marin qui n'avait pas du tout prévu d'accueillir des grenouilles.

Bestiaire

Endroit où les animaux déposent leur fourrure avant d'aller danser.

Bestiaux

Animaux dont l'élevage, le transport et l'abattage souvent indignes ne sont pour certains qu'un point de bétail.

Bêtisier

Émission du premier de l'an composée de séquences déjà diffusées l'année précédente et qui donne un avant-goût de ce que l'on va voir l'année suivante.

Beurre

Matière grasse qui peut faire perdre les cheveux quand on en vend aux Allemands.

Bibliothécaire

Personne qui passe sa journée à dire « chut ! ».

Bibliothèque

Endroit où l'on cherche le rayon pour trouver le volume.

Biche

Animal méprisant, surtout quand elle est avec ses petits.
Ex : Elle m'a regardé avec des daims.

Bicorne

Chapeau pour cocu.

Bide

Film avec un ventre mou.

Biffle

Pratique qui incite les catholiques à tendre l'autre joue.

Big-bang

Théorie selon laquelle l'origine de l'Univers proviendrait d'une énorme explosion alors qu'il s'agirait plus probablement d'un pet foireux de quelqu'un de très haut placé.

Bikini

Maillot de bain radioactif.

Bilboquet

Jeu sexuel qui consiste pour un homme à s'allonger sur le dos avec une forte érection et à projeter en l'air sa partenaire roulée en boule. Attention cette pratique n'est pas sans danger.

Bipolaire

Personne caractérielle qui n'a que deux pulls.

Bisexualité

Optimisation des orifices.

Bisser

Chose que même les femmes peuvent faire debout.

Bite

Gouvernail des hommes.

Blague

Histoire censée déclencher le rire.

Ex : Tu connais la différence entre un coucher de soleil sur l'océan Indien et le slip d'un petit vieux qui a la chiasse et des hémorroïdes ?

Nota : L'auteur du livre ayant égaré la chute de cette blague désopilante, il vous laisse quelques lignes vierges afin que vous inventiez la vôtre :

____

____

____

Blaireau

Mec rasoir.

Blatte

Indicateur de propreté des restaurants chinois.

Blennorragie

Maladie qui coule de source.

Blonde

Femme stupide injustement décriée.

Bloody Mary

Cocktail dans lequel il n'est pas de très bon goût d'ajouter un tampon en déco.

Bobo

Gauchiste friqué qui téléphone à sa mère à la moindre égratignure.

Bois

Pour les enfants, terrain couvert d'arbres dans lequel on peut se promener tant que le loup n'y est pas. Pour les adultes, petite forêt où les mecs vont se faire sucer par d'autres mecs. **Synonyme :** pinède.

Bonbon

Appât du pédophile.

Bonheur

Quête de béatitude qui fait réfléchir les plus grands penseurs.
« C'est quand le bonheur ? » (Cali)
« Il est où le bonheur ? » (Christophe Maé)
« C'est quoi le bonheur ? » (Joyce Jonathan)
« Pour moi, le bonheur c'est le contraire du malheur. » (Mireille Mathieu)

Le bonheur te fait peur, Tu crois que c'est un leurre ? Sèche tes larmes petite sœur, Tourne-toi, passe-moi l'beurre.
(Poème des Hauts-de-France)

Boomerang

Bâton qui met les chiens au chômage technique.

Bordel

Maison close où les filles sont très ouvertes.

Borgne

Personne qui ne peut plus envisager la vie d'un œil différent.
(Voir borgne to be alive.)

Botte

Chaussure montante qui peut être fourrée quand on la propose à une femme.

Bottin

Annuaire de peau lisse.

Bouche-à-oreille

Remplit les salles et vide le cérumen.

Boucher

Bidochon débiteur de bidoche.

Boucher

Tailleur de bavette.

Boudin

Fille qui se fait du mauvais sang à cause de son physique pas facile.

Boudoir

Salon où l'on peut sortir son biscuit.

Bouffi

Personne gonflée de vanité et d'orgueil surtout lorsqu'elle se prénomme Laurent.

Boulet

Ancien canon.

Bouliste

Homme qui a envie de tirer les femmes qui pointent.

Boulimie

La faim justifie les moyens.

Bourdon

Pote du cafard qui fout une sale ambiance partout où il passe.

Bourgeois

Personne établie qui fait des mimiques très drôles quand sa fille lui annonce qu'elle veut épouser un réfugié tanzanien.

Bourrée

Danse folklorique pratiquée par les femmes qui ont deux grammes.

Bousier

Insecte qui cherche la merde.

Boussole

Conseillère d'orientation.

Bowling

Deuxième sport le plus con après le curling.

Boxe

Sport et les gants.

Boxeur

Fister contrarié.

Bracelet

Bijou qu'on peut voler au risque d'en avoir un électronique.

Braguette

Rideau du théâtre de Popol.

Brandade

Singulier de morue.
Ex : Une brandade deux morues.

Break

Voiture familiale qui bizarrement conduit au divorce quand le couple veut créer son propre modèle.
Ex : « Chérie, il faut qu'on fasse un break. »

Bref

Petit mot très pratique pour abréger une conversation.
Ex : « Ah ! Chérie, j'ai oublié de te dire, y'a pas de pain parce que, sur le chemin de la boulangerie, figure-toi que je suis tombé sur Nicole Popincourt… Mais si, tu sais bien, je t'en avais parlé, c'est elle qui m'a dépucelé en 73. Alors du coup on a pris un verre, figure- toi qu'elle est veuve avec trois enfants et qu'elle habite à deux rues d'ici. Incroyable, non ?
Bien sûr, on s'est remémoré le bon vieux temps et comme ça nous a émoustillés on est allés tirer un petit coup dans les toilettes.
Tout ça pour te dire que, quand je suis sorti du café, la boulangerie venait juste de fermer, du coup y'a pas de pain. Bref ! Je te quitte. »

Bridé

Pluriel de humour.
Ex : Un humour des bridés.

Bronze

Sculpture matinale.

Bruit

Le proverbe qui dit que le bruit ne fait pas de bien et que le bien ne fait pas de bruit est faux. Demandez à un mec qui claque le cul d'une pute après un concert d'Aerosmith.

C

Cabri

C’est fini.

Cacaoyer

Arbre à ne pas confondre avec le cri des petits enfants aux toilettes.

Cagibi

Petit local de service de renseignement russo-tunisien.

Caille

Oiseau sans chauffage.

Cairotes

Habitantes du Caire qui se déplacent exclusivement en groupe de neuf, d'où l'expression « Merde, les cairotes sont que huit ! »

Caissière

Femme que l'on ne connaît pas et devant laquelle on décharge très vite.

Calembredaine

Sorte de fadaise amphigourique entre la billevesée et la coquecigrue, à ne pas confondre avec le galimatias.

Calendrier

Ouvrage illustré qui permet aux rugbymen de se cacher la bite derrière un ballon.

Callipyge

Statue dont on a envie de polir le marbre avec sa main.

Calvitie

Golfe de plus en plus clair.

Calypso
Danse préférée du commandant Cousteau.

Camée
Bijou très accroché.

Camembert
Témoin d'une époque où l'on pouvait balancer la louche sans se prendre un procès.

Camping
Espace des tentes.

Canapé

Accélérateur de carrière.

Canari

Oiseau très serein.

Cancérologue

Pêcheur de crabes.

Cannabis

Substance qui m'a aidé à écrire ce livre et qui devrait vous aider à le lire.

Cannibale

Pour les femmes cannibales, la fellation est un coupe-faim.

Cape

Manteau ample qui permet de péter tranquille.
(Voir les films de cape et des pets.)

Capotier

Collection de capotes séchées conservées dans un album afin de pouvoir se remémorer toutes les filles qu'on a séduites dans sa jeunesse.

Caracoler

Mannequin qui défile avec un chemisier immonde.

Carat

Unité de mesure de l'amour chez les femmes.

Caravane

Résidence secondaire des gauloises et principale des gitanes.

Carte bleue

Clé à pipe.

Cascadeur

Inconscient qui prend tous les risques pour doubler un connard qui prend tout l'argent.

Castrat

Chanteur hors paire.

Catéchisme

Initiation à la sodomie.

Causette

Conversation misérable.

Cayenne

Voiture dont le prix est très salé.

Célibataire

Homme qui a repris sa sexualité en main. Femme qui a toujours des piles neuves sur sa table de nuit.

Cellulite

Cause perdue.

Cénobite

Moine paisible qui vit en communauté.
(Voir les cénobites tranquilles.)

Centenaire

Vieillard cacochyme qui n'entend plus, qui voit très mal, qui ne bande plus et qui se pisse dessus mais qui continue à s'accrocher à sa vie de merde.

Cercueil

« L'important, c'est ce qu'il y a dans la boîte. »
(William SAURIN)

César

Compression qui entraîne la dépression chez les acteurs qui ne l'ont pas.

Césarienne

Plan b du bb.

Cha-cha-cha

Danse beaucoup plus drôle quand elle est associée à bite-bite-bite !

Chalut

Ce que se disent les marins pêcheurs le matin.

Chamois

Animal qui squatte chez les autres.
Ex : Viens chamois j'habite chez une copine.

Champagne

Vin fin et pétillant qui mérite mieux comme introduction que « Robert fait péter la roteuse ! ».

Chantage

Si vous n'aimez pas ce livre, je me suicide…

Charade

Mon premier est un peintre lillois du mouvement rococo
On croise mon deuxième avec des témoins
Mon troisième est une révolution
Mon quatrième est postérieur
Mon dernier doit beaucoup à Pasteur
Mon tout est ce que je vous invite à faire si vous n'avez pas trouvé la solution de ce rébus.

Charrette

Moyen de transport pour aller de son bureau au Pôle Emploi.

Chasseur

Viandard aviné qui tire sur ses chiens.

Chasteté

Comportement d'une personne qui a fait ceinture sur le sexe.

Chaussette

Slip du pied.

Chemin

Si tous les chemins mènent à Rome, pourquoi je me suis retrouvé à Pithiviers ?

Cheval

Le cheval c'est comme une belle fille : quand on monte dessus, on regarde tout le monde de haut.

Chèvre

Poupée gonflable du légionnaire.

Chiche

Mot responsable de milliers de morts.

Chien

Animal proche de l'homme car ils ont en commun de remuer la queue quand ils voient leur maîtresse.

Chinois

Terrien surnuméraire.

Chippendale

Cadeau d'anniversaire pour pétasses hystériques en groupe.

Chirurgien

Docteur beaucoup moins ouvert que ses patients.

Chiwawa

Petit chien qui, comme son nom l'indique, passe son temps à chier et à aboyer.

Ciboulette

Plante préférée des dealers.

Christianisme
Religion sur laquelle j'ai fait une croix.

Cigarette
Petite roulure qui met le paquet pour vous enfumer.

Cigogne
Uber Eats des ogres.

Cimetière
Résidence post-EHPAD.

Cirque

Endroit où l'on attend désespérément que le trapéziste tombe, que le dompteur se fasse bouffer, et que le clown nous fasse rire.

Cirrhose

Maladie du foie souvent accompagnée d'une tendinite du coude.

Citerne

Réservoir tiré par des routiers dépressifs.

Ex : « Mais Roger, pourquoi es-tu si terne ? »

Clause

Enculade écrite en tout petit dans un contrat.

Clavier

Un clavier azerty en vaut deux.

Clef

Arrêtez de me parler de ce film, c'est une merde.

Clignotant

Le clignotant c'est comme le préservatif : faut pas oublier de le mettre avant de tourner. (Rocco SIFFREDI)

Clitoris

Bouton introuvable dans le noir.
(Voir Minuterie.)

Clôture

Ce qui sépare l'homme de l'homme.

Cocaïne

Le type qui a inventé la cocaïne avait le nez creux et la gueule enfarinée.

Cœur

Quand un transplanté a le cœur à rire, c'est que l'opération est réussie !
(Professeur BARNARD)

Cochon

Animal que je n'ai pas gardé avec Raymond.

Collabo

Français qui a choisi son camp et rempli ceux des Allemands.

Colle

Mot qui se tient.

Colombophile

Fan de la série qui peut se taper les 69 épisodes à la suite.

Compas

Instrument pas con.

Comploteur

Type malsain que l'on croise dans le métro.

Composter

Donner ses ordures au facteur.

Concasseur

Mauvais manifestant.

Comptable

Escroc qui vous prend une fortune pour vous expliquer que vous êtes surendetté.

Concerto

Serveur stupide et matinal.

Concierge

Gardienne d'immeuble qui vole ses sex-toys à l'église.

Concubin

Connard qui a pris le cigare.

Concupiscent

Mec qui veut tout faire à la fois.

Condor

Grand vautour souvent cocu. « Mais que c'est chiant d'être un rapace, car à chaque fois que le Condor, le Faucon culbute sa grognasse, pendant que l'vrai roupille encore. »

Conducteur

Personne qui conduit une auto, un bus, ou l'électricité.

Ex : Cloclo était un bon conducteur.

Confessionnal

Cabane de pécheur.

Consacrer

Donner tout son temps à quelques-uns.

Ex : « J'ai tout consacré à un sacré con. »

Conscience

Petit caillou dans la chaussure qui nous aide à marcher droit.

Consentant

Personne qui accepte le manque d'hygiène de sa partenaire.

Constipation

Bouchon au péage.

Contorsionniste

Colon très souple.

Contracté
Crétin adepte du ski nautique.

Contractuelle
Mal baisée, mal payée et mal aimée (ou l'inverse).

Contraire
Jusqu'à preuve du contraire, deux êtres incompatibles et radicalement opposés ne peuvent s'harmoniser à moins que leur antinomie ne les pousse par un esprit de contradiction à se mettre ensemble et à s'accoupler comme des bêtes. On peut donc dire dans ce cas que les contraires se tirent.

Converge

Mot hermaphrodite.

Coprophage

Mec qui prend son petit déj' le matin la tête dans le cul.

Corbeau

L'être anonyme.

Corbillard

Véhicule rarement flashé.

Cordon

Plus difficile à couper quand la mère est juive.

Coupé

Voiture juive.

Couple

Réunion de deux célibataires qui font tout pour le redevenir.

Cour

Celui qui fait la cour à une concierge est bon pour sortir les poubelles.

Cousin

Parent sujet aux flatulences.
Ex : Le cousin péteur.

Couvent

Refuge pour vieilles chattes.

Crachat

Fine de glaire.

Cravate

Trait d'union entre le cerveau et la bite.

Crédit

Permet de payer le présent avec du futur.

Crémation

Plancha familiale.

Crémier

Commerçant qui compte Fleurette.

Créneau

Équation féminine.

Crocodile

Gros reptile dont le principal ennemi est la contrefaçon.

Croisière

Voyage pour vieux sur un gros bateau qui sent la pisse.

Croissant

Viennoiserie musulmane.

Croupe

« Il n'y a pas loin de la croupe aux lèvres. »
(DSK)

Cuivres

Instruments de musique les plus volés dans les orchestres roumains.

Culée

Matériau pour sculpteur spécialisé dans l'autoportrait.
Ex : « Hier je me suis fait en glaise, Aujourd'hui, je me suis fait en bronze, Demain, je vais me faire en culée ! »
(Jean COCTEAU)

Cunnilingus
Amour des langues étrangères.

Curling
Sorte de pétanque sur glace pour femmes de ménage.

Cymbale
Instrument pas cher.

D

Dalaï-lama
Chef spirituel tibétain qui crache à la gueule des gens qui le contredisent.

Daltonien
Mec qui grille les feux en toute bonne foi.

Dealer
Horloge parlante.

Déception

Fait d'être trompé dans ses espérances.

Ex : « Quand je vois tes yeux, Je suis amoureux, Quand je vois ton cul, Je suis très déçu. » (Dany BRILLANT)

Défenestrer

Aider quelqu'un à prendre une décision difficile.

Défenestration

Mauvaise influence de Michel Fugain sur Mike Brant.

Ex : « Fais comme l'oiseau. »

Défroquer

Abandonner l'état religieux pour se recentrer sur les enfants.

Dégazage

Pollution due à un salaud de capitaine qui obéit à un enculé d'armateur.

Déjà

Mot le plus employé par les femmes après l'amour.

Demain

Mot qui s'écrira hier dans deux jours.

Déménageur

Armoire qui porte un piano.

Demi-ton

Bière et boudin.

Dépression

La dépression, c'est comme les impôts, on sait que ça va revenir mais on ne sait jamais combien on va payer.

Dératiseur
Type qui fait mal son travail de peur de ne plus en avoir.

Dermato
Toubib qui ne donne pas ses bons coins à champignons.

Dernier
Si les premiers seront les derniers, à quoi bon se casser le cul à travailler à l'école ?
(Saint Matthieu fils)

Détracteurs
Mauvaises langues rurales.

Diable
Boulot à mi-temps de Dieu.

Diamant
Verre solitaire.

Dictateur
Despote mal éclairé.

Dictionnaire

Mot dans lequel il y a tous les autres.

Diététicien

Escroc qui prend 120 € aux gros pour leur expliquer qu'il faut manger moins et bouger plus.

Dieu

Créateur de tout, responsable de rien.

Digicode

Truc censé nous protéger des intrus et qu'on donne à tout le monde.

Digression

Sauter du Coca light.

Dilemme

Choix cornélien.
Ex : Qui était là en premier ? L'œuf ou la poule ? Le tracteur ou le crédit ? La pute ou le client ?

Dindon

Grosse volaille dont la caroncule peut nous dégoûter des milfs.

Discrétion

Mot inconnu chez les Juifs séfarades.

Discrimination (positive)

Oxymore qui part d'un bon sentiment mais qui ouvre la porte au racisme convivial et à l'apartheid constructif.

Distillateur

Fabricant d'alcool aux propos alambiqués.

Divan

Petit canapé sur lequel il est difficile de s'allonger sans évoquer sa mère.

Djellaba

Vêtement pas idéal pour un jeune qui voudrait entrer en boîte.

Docker

Chien aux grandes oreilles dressé pour décharger les navires.

Dogmatique

Chien qui aboie de façon catégorique et péremptoire.

Don Quichiotte

Noble espagnol très à cheval sur la propreté des toilettes.

Dopage

Le dopage est au cyclisme ce que les putes sont au football. (Franck RIBÉRY)

Dormir

Celui qui peut dormir sur ses deux oreilles ferait bien de se faire opérer.

Doryphore

Insecte qui a la patate.

Doublon

Faute d'inattention qui consiste à imprimer deux fois le même texte.

Doublon

Faute d'inattention qui consiste à imprimer deux fois le même texte.

Drag-queen

Personne qui peine à accéder au métier de clerc de notaire ou d'expert-comptable.

Drague

Technique d'approche qui a poussé des millions de personnes au tabagisme juste pour pouvoir demander du feu.

Drain

Petit tube souple que les médecins rechignent à poser le jour.
(Voir les drains de nuit.)

Drogue

Substance qui nous fait planer au début et partir en vrille à la fin.

Droite/Gauche

Quand un homme de droite passe l'arme à gauche, l'homme de gauche a une larme adroite.

E

Eau

La goutte d'eau qui fait déborder le vase ferait mieux d'éteindre l'étincelle qui met le feu aux poudres.

Ébranler

Troisième devise des masseuses après huiler et masser.

Échafaud

Estrade qu'on ne monte qu'une fois.

Échiquier

Seul endroit où un cheval peut sauter une reine sans que cela ne choque personne.

Écho

Psittacidé des montagnes.

École

Sorte de cassoulet où l'on met les fayots devant et les grandes saucisses derrière.

Écologie

Mouvement des hommes qui consiste à protéger la planète qui se protégera très bien toute seule dès qu'il n'y aura plus d'hommes.

Écrivain

Auteur qui, tant qu'il n'est pas publié, a rédigé un écrit vain.

Ecstasy

Ancien flic de la RDA reconverti dans la bandaison.

Éjaculer

Cracher la purée avec sa saucisse.

Éléphant

Animal dont le nez me rappelle ma bite.

Embrun

Pluie fine qui persiste le temps du crédit.

Embryon

Petit fœtus qui doit serrer les fesses pendant trois mois.

Émeu

Oiseau qui vous tire les larmes.

Émoi

Inquiétude due à la surpopulation chinoise.

Ex : « 1 500 000 000 de Chinois, émoi émoi émoi ! »

Enchaîné

Personne qui a du mal à se désabonner de Canal +.

Enchères

Vente qui peut coûter un bras à celui qui le lève.

Encorner

Accident de glace.

Enculé

Acheteur potentiel d'une caméra de recul.

Encyclique

Lettre du pape aux évêques que l'on peut consulter facilement sur Internet grâce à un nombre de manœuvres prédéfinies.

Enfance

Période où l'on a la vie devant soi et les parents derrière.

Enfant

Fruit de la passion ou gros pépin.

Enfer

Grosse rôtisserie en sous-sol pavée de bonnes intentions.

Enfin

Mot que prononce le mec quand la fille accepte de coucher avec lui. Mot que prononce la fille quand le mec a fini.

Enfoiré

Anciennement enculé, salaud, fils de pute, depuis Coluche, personne généreuse altruiste et solidaire.

Engin

Sorte de bite mais en plus gros.

Énigme

Pour moi la sodomie vient avant la vaseline, Le cunnilingus avant la pipe, Et la partouze après l'inceste. Qui suis-je ?

Enseignant

Professeur sous tranquillisant.

Enterrement

Dernière sortie en boîte.

Entrechat

Saut de petit rat.

Épicier

Arabe très ouvert.

Épicurien

Personne à la recherche de tous les plaisirs de la vie, sauf le sexe.
Ex : La bouffe oui, le luxe oui, les voyages oui, les fringues oui, et pis cul rien !

Épitaphe

Phrase qui vous fera passer pour un con pour l'éternité si vous la ratez.
Ex : Ci-gît Raph.

Érection

Lever du drapeau pour les jeunes qui se transforme en cérémonie aux morts pour les vieux.

Ermite

Personnage grotesque.

Escargot

Limace qui a accédé à la propriété.

Esclaves

Premières personnes pour qui la multiplication des chaînes a été le bouquet !

Escroc

Personne qui commence toutes ses phrases par « Fais-moi confiance. »

Espion

Taupe secrète qui est chargé d'épier.

Synonyme : Podologue.

Espoir

Sorte de clandestin du cœur quc l'on nourrit en secret.

Esquimau

Mec qui peut se branler pendant six mois si sa meuf ne couche pas le premier soir.

Essaim

Groupe d'abeilles qu'il est déconseillé de caresser.

Estafette

Militaire chargé de surveiller le calendrier. (Voir l'holorime : « Est-ce ta fête, estafette ? »)

Esthéticienne

Visagiste de la chatte.

Étain

Métal que l'on travaille dans l'obscurité.

Étau

Outil à l'origine de l'effet de serre.

Eunuque

Vrai inventeur du slogan « Lapeyre, y en a pas deux ».

Euro

Pièce dont on ne peut plus sortir.

Évêché

Siège de l'évêque souvent disposé au fond à gauche.

Éventail

Clim portative.

Évêque

Haut dignitaire de l'Église qui profite de son statut pour faire le pont.

Ex

Homme qui est entré dans votre vagin et qui vous sort par les yeux.

Excentrique

Ancien petit ami impuissant.

Exemple

Un bon exemple est un exemple qui ne souffre pas de contre-exemple.
Ex : T'es encore plus conne que ta mère.

Exorciste

Prêtre à la soutane couverte de vomi vert dont la mère suce des bites en enfer.

F

Famille

Proches qui viennent avant le travail et après la patrie.

Famine

Mot qui ne mange pas de pain.

Fantôme

Mec qui peut enfin se payer une vie de château.

Fast-food

Restaurant où ce que l'on mange a déjà été mangé.

Félins

Mammifères carnivores dont les principales espèces vivent grâce à des contrats publicitaires. (Voir Jaguar, Puma, Le Chat, Lion…)

Fève

Désigne les rois et nique les couronnes.

Ficelle

« Les tampons, c'est comme la magie, si on voit la ficelle, c'est foutu. »
(Gérard MAJAX)

Fidélité

Concept féminin.
(Voir pas vu pas pris.)

Figurant

Acteur qui à défaut de crever l'écran crève de faim.
(Ça sent le vécu.)

Finesse

Ce dont un homme doit faire preuve s'il veut vite bouffer le cul de la fille.

Fisté

Incroyable coïncidence ou clin d'œil divin, le premier homme au monde à s'être fait fister s'appelait Niels Armstrong et cela s'est passé le 21 juillet 1969. Chacun se souvient de ses paroles historiques au moment du passage du membre : « C'est un petit bras pour l'homme, mais un fion de géant pour l'humanité. »

Fist-fucking

Juste une mise au poing.

Flatulence

Déflagration qui n'entache pas que la réputation.

Fleur

Grosse allumeuse aux couleurs vives et au parfum fort qui écarte les pétales pour se faire butiner.

Flirt

Pratique proche de la diplomatie qui exige une bonne connaissance des langues et beaucoup de doigté.

Fonctionnaire

Employé à motivation réduite.

Fondue

Folle dans laquelle on peut tremper des morceaux de pain.

Football

Sport dont le but est d'en mettre.

Footballeurs

Joueurs qui entre deux matchs fréquentent des filles qui font des passes.

Formidable

Mot que les bègues ne peuvent pas prononcer sans faire chanter du Aznavour aux autres.

Fourmilière

Habitation commune qui peut abriter jusqu'à dix millions d'individus, ce qui donne une vague idée du bordel pendant les réunions de copropriété.

Fourreur

Métier dont on veut la peau.

Fraise

Fruit que l'on souhaite sucrer le plus tard possible.

Franc-maçon

Personne qui a un compas dans l'œil.

Frites

Garniture de piscine.

Fromage

Si tu manges trop de fromage, ça te dessert.

Fromage (ou dessert)

Choix cornélien entre deux mots qu'il ne faut surtout pas confondre.

Ex : « Jean-Pierre, ton comportement te fromage ! »

Front

Utile quand il est populaire, honteux quand il est national.

Frotti

Examen ou les lèvres dépassent le maître.

Fugue

Escapade enfantine suivie d'un come-Bach.

Fumer

Fumer tue, même en terrasse.

Funambule

Déséquilibré dont la vie ne tient qu'à un fil.

Furoncle

Mot inventé par la nièce de Hitler.

Fusillé

Personne au pied du mur.

Futur

Passé en devenir.

G

Galanterie

Parade amoureuse pré-coïtale qui fait place à la goujaterie.

Galaxie

Immense amas d'étoiles comme la Voie lactée qui englobe notre Système solaire, mais dont le capitaine Flam ne fait pas partie car il est du fond de la nuit, ce qui ne l'empêche pas de venir d'aussi loin que l'infini afin de sauver tous les hommes.

Galérien

Esclave qui le soir pour se détendre après une journée harassante faisait un peu de rameur.

Galet

Pierre qui roule et qui ne donne aucune satisfaction quand on est allongé dessus.
(Mick JAGGER)

Gang-bang

Pratique pornographique dont l'héroïne est une fille qui a les yeux plus gros que le bas-ventre.

Garde-barrière

Employé pas sage qui n'a pas le niveau.

Gare

Meilleur endroit pour rater son train.

Gâteau

Pâtisserie qui fait grossir quand on ajoute du sucre et vieillir quand on ajoute des bougies.

Gaule

Pays dont le drapeau est tenu par ma bite.

Gay Pride

Ballet à fiottes.

Gazoduc

Pet de noble.

Gazon

Pelouse située près des trous.

Gendarme

Sorte de punaise qui se nourrit de points.

Gendre

Petit con qui met les pieds sous ta table et les doigts dans ta fille.

Génie

Djinn tonique.

Gériatre

Médecin en vieux qui doit se présenter à ses patients toutes les deux minutes.

Gibbon

Singe vantard dont on vient de corriger la copie.

Gigolo

Chasseur de cougar.

Girafe

Animal interdit aux zoophiles qui ont le vertige.

Gland

Nœud coulant.

Golf

Sport où on peut voir des gens très chics putter en public.

Gondole

Barcasse pour futurs cocus.

Gourde

Femme remplie de rien.

Grammaire

Règles douloureuses.

Grec

Sodomite européen au bord de la faillite.

Grimace

Contorsion de la figure que les comiques font pour nous faire rire, sauf les greffés du visage qui eux n'ont pas le choix.

Grue

Oiseau aux allures de pute qui travaille sur les chantiers.

Gruyère

Escroquerie où les trous sont vendus au prix du fromage.

Gué

Endroit de la rivière qui prouve qu'on peut être au milieu du gué sans forcément être homosexuel.

Guillotine
Ancêtre du
basket-ball.

Guitare
Instrument de grattage
qui nous aide au tirage.

Gynécologue
Ventriloque raté
qui fait parler
les femmes en
bougeant les lèvres.

H

Hakouna

Mot zoulou qui permet de saluer sa tante avec respect : « Hakouna ma tata ! »

Halloween

Fête pendant laquelle les enfants sonnent chez les pédophiles.

Halo

Lumière diffuse qui entoure les téléphones.

Haltères

Pluriel de bière.

Ex : une bière des haltères.

Haltérophilie

Sport qui fait prendre du poids.

Hamac

Mot dont je me balancc.

Hameçon

Piercing du poisson.

Handicapé

Gros privilégié qui peut se garer n'importe où.

Hémorroïdes

Tartare de fion.

Hérisson

Fruit de l'amour entre un rat et un oursin.

Hermaphrodite

Personne qui n'a pas besoin de se promettre le mariage pour se baiser.

Hêtre

Arbre qui se pose des questions existentielles.

Hibou

Rapace dressé pour surveiller le lait sur le feu.

Hippocampe

Cheval au crottin très iodé.

Hirondelle

Oiseau très dépensier qui, pendant les soldes, fait tous les grands magasins sauf le printemps.

Homard

Crustacé décapode accusé de meurtre par une illettrée.

Homélie

Messe pour les jeunes chevaux. (Voir homélie Poulain.)

Homme

Mâle baisé.

Homophobe

Enculé qui s'ignore.

Homoplate

Lesbienne sans poitrine.

Homosexuel

Saigneur des anneaux.

Hooligan

Mec au dernier stade de la connerie.

Hôpital

Établissement qui se fout de la charité, même quand elle est bien ordonnée.

Hospice

Bac à légumes.

Hostie

Étouffe-chrétien.

Houmous

Branche du Hamas qui réduit ses ennemis en purée de pois chiches.

Hourra

Cri de victoire souvent précédé de « une p'tite pipe ».

Huissier
Mâle qui saisit les biens.

Huître
Supplice de Cancale.

Humoriste
Comique qui se sent obligé d'écrire un dictionnaire pour asseoir sa réputation.

Humour

Forme d'esprit qui s'appuie sur la drôlerie et l'absurde pour dénoncer le désespoir de l'humanité face au néant qui l'attend sans aucune garantie de l'existence d'un Dieu quelconque ni du moindre espoir de la pérennité de son âme. Du coup, quand quelqu'un pète, ça fait rigoler tout le monde.

Husky

Chien de traîneau.
Contraire : Yorkshire, chien de traînée.

Hyène

Charognard qui sert de monnaie d'échange au Japon.

Hymen

Petite membrane qui atteste qu'on a bien été le prem's.

Hyperbole

Figure de style préférée des gagnants du loto.

Hypnose

Vos paupières sont lourdes et doucement vous sentez que je prends le contrôle de votre cerveau. Vous allez refermer ce livre, vous déshabiller, ouvrir la fenêtre et hurler très fort : « J'encule tout le quartier ! » Après ça, vous oublierez tout mais à chaque fois que quelqu'un vous giflera dans la rue, vous renouvellerez l'opération.

I

Ibis

Oiseau bon public.

Iceberg

Gros bloc de glace qui fait des beaux films.

Imagination

Procédé qui permet de baiser toutes les filles qu'on veut.

Imbiber

Liquide qui pénètre très profondément. D'où l'expression : « Oh oui ! Fais-moi imbiber ! »

Impétigo

Description de Philippe Bouvard par Amin Dada.

Impiété

Crise de foi.

Impuissance

Panne des sens.

Inceste

Re-transmission des gènes chanté par Stromaé.
(Voir Papaouté.)

Incipit

Première phrase d'un livre qui peut inspirer un commentaire. **Ex :**

« **Longtemps, je me suis couché de bonne heure.** » (Marcel Proust, *À la recherche du temps perdu*)
— « Eh ben couche-toi plus tard et nous casse pas les couilles ! »

« **Aujourd'hui, maman est morte.** » (Albert Camus, *L'Étranger*)
— « Rien à foutre, je la connaissais même pas ! »

« **La première fois qu'Aurélien vit Bérénice, il la trouva franchement laide.** » (Louis Aragon, *Aurélien*)
— « Et la deuxième fois, il l'a baisée. ça va, on a compris l'histoire ! »

Contraire → excipit
Dernières lignes d'un récit.
Ex : N'ayant jamais pu finir un livre, l'auteur est dans l'incapacité de fournir le moindre exemple.
Désolé.

Incompétent

Crétin flatulent.

Infarctus

Action de se claquer l'aorte au nez.

Infini

Truc auquel on ferait bien de mettre des limites.

Innocent

Coupable qui ne s'est pas fait choper.

Inséparables

Oiseaux qu'on ne voit jamais dans les clubs échangistes.

Insoumis

Personne indocile qui est souvent mise de côté pour sa rébellion.
Ex : Insoumis de côté.

Intellectuel

Genre de mec à ne pas assumer de se prénommer Manuel.

Intellectuelle

Femme de méninge.

Isoloir

Il n'y a que deux endroits où je m'enferme avec un petit bout de papier et à chaque fois ça sent la merde.

Intestin

Usine à gaz.

Intrinsèque

TGV protégé par une housse.

Ivoirien

Acheteur potentiel d'un labrador.

J

Jacuzzi

Bain où on peut péter tranquille.

Ex : « Spa moi ! »

Jamais

Si on n'est jamais aussi bien servi que par soi-même, pourquoi les riches prennent-ils des domestiques ?

Jardin public

Parc à t'aime.

Jésus

Fils à Papa.

Journaliste

Personne qui s'informe en lisant ses confrères.

Judas

Trou dans la porte dont le prix est de trente deniers.

Judo

Sport où il est interdit de mettre les doigts dans la prise.

Juke-box

Cimetière pour yéyé.

Jumeaux

Enfants de parents qui ont tout en double.

Jumelage

Action d'associer un bled pourri au fin fond de la Creuse avec un autre bled de merde aux confins de la Roumanie (ou l'inverse).

K

Kabbale

Interprétation ésotérique de la Bible écrite outre-Atlantique. (Voir ma kabbale au Canada.)

Kamikaze

Soldat qui ne peut pas se vanter de ses exploits.

Kangourou

Croisement entre un vide-poche et un trampoline.

Karma

Destinée bonne ou mauvaise selon qu'on a été un ange ou un fils de pute dans une vie antérieure.

Kebab
Roulette turque.

Kippa
Calvitie du vendredi.

Kiwi
Oiseau riche en vitamine C.

Klaxon
Avertisseur sonore censé signaler un danger mais qui n'empêche pas les gens d'aller se marier.

L

Labour

Travail agricole pour lequel les paysans ne sont jamais à l'heure.

Lâche

Personne qui a le courage de courir.

Lama

Animal qui attire les mystiques.

Lance-roquettes

Arme ridicule qui projette des salades sur l'ennemi.

Langue

Organe du goût et de la parole qui n'a absolument rien à faire dans la chatte de Vanessa ou l'anus de Kevin qui sont deux nids à bactéries.

Lapsus

Erreur de langage qui peut avoir des conséquences terribles face auxquelles, par solidarité, on devrait tous se serrer les couilles.

Latin

Langue morte rarement utilisée dans les films porno sauf dans les scènes de cunnilingus.

Latrines

Toilettes sommaires répandues dans toute l'Amérique du Sud. (Voir l'Amérique latrine.)

Lauriers

César salade.

Laverie

Long fleuve tranquille.

Laxatif

Produit qui permet aux selles de courir plus vite que les chevaux.

LBD

Arme qui coûte un œil.

Lego

Jeu de construction de soi.

Lépreux

Persona non gratta.

Lesbienne

Femme au goût doux.

Levrette

Position sexuelle qui permet à un couple de suivre le même programme télévisé.

Lézard

Petit reptile aux nombreuses espèces.

Ex : Lézard plastique (très créatif).

Lézard martiaux (très agressif).

Lézard majeur (qu'on peut se taper sans être inquiété par la justice).

Liaison

Relation parfois extra, toujours extraconjugale.

Libertinage

Pratique qui permet d'enculer votre banquière sans qu'elle ne clôture votre compte.

Limace

Escargot sans domicile fixe. (Voir Escargot.)

Limande

Poisson qu'on peut glisser sous la porte en cas d'absence.

Litote

Hitler n'a pas fait que du bien aux Juifs.

Littoral

Côtes de porcs.

Lotus

Position qui nettoie la tête et le cul.

Loufoque

Mammifère qui se fait souvent exclure de la meute pour son comportement maniéré.

Luciférien

Adjectif qui dénonce cette diablesse de feignasse qui refuse de bouger son cul.

Ex : Sandrine épluche les légumes, Sophie fait la cuisine, Isabelle met la table et Lucie fait rien.

Luciole

Étoile filante du pauvre.

Lunette

Ustensile qui permet de repérer les femmes qui aiment la bite.

Lurée

Pluriel de fille.

Ex : Une fille des lurées.

M

Machine

Deuxième prénom de sa femme.

Macho

Pauvre type qu'on emmerde sous prétexte qu'il déteste débarrasser la table.

Madeleine

Petit gâteau qui nous jette notre passé à la gueule.

Mafia

Pieuvre qui fait couler beaucoup d'encre.

Magicien

Artiste qui a des chiures de colombe dans ses poches et des merdes de lapin dans son chapeau.

Magnum

Grosse bouteille à moustache.

Main

Meilleure amie de la bite.

Maison
Envie de toit.

Maîtresse
Femme bonne qui nous change de bobonne.

Majeur
Doigt indispensable pour conduire dans Paris.

Maki
Plat de résistance préféré de Jean Moulin.

Malotru

Mot qui serait bien plus rigolo avec un deuxième O.

Malus

Pire ennemi de Ben-Hur.

Mamelon

Bout de sein chez la femme qui abreuve les hommes.
Ex : « La mamelon vient nous servir à boire ! »

Manche

Mer roumaine.

Manchot

Pingouin qui touche une pension d'invalidité.

Manifestant

Contestataire qui tient le haut du pavé.

Manucure

Personne qui connaît son métier sur le bout des doigts.

Marabout

Oiseau qui se nourrit de bouts de ficelle.

Marat

Premier de Corday.

Marbre

Roche dure que les riches mettent dans leur résidence principale et leur dernière demeure.

Mariage

L'union fait la farce.

Marteau

Outil très efficace tant qu'il n'est pas associé à une faucille.

Martingale

Système de jeu qui permet de revenir au casino pour gagner.

Ex : Le retour de martingale.

Masochiste

Personne qui en pince pour une autre qui la pince.

Masturbation

Caresse que l'on garde pour soi.

Matamore

Fanfaron qui passe sa vie sur les plages naturistes.

Mathusalem

Grosse bouteille hors d'âge.

Matière

Les trois états de la matière sont : solide, liquide, et gazeux. Cette loi universelle se retrouve également dans votre slip.

Mèche

Touffe de cheveu qui peut donner un air très méchant si elle est associée à une petite moustache.

Méduse

Animal gélatineux qui prolifère en mer. Voir l'année des méduses (à ne surtout pas confondre avec l'anus d'Amédée, moins urticant mais tout aussi dangereux).

Méditer

Rentrer à l'intérieur de soi.
Contraire : Sodomiser.

Mégot

Injonction de parachutiste qui a un trouillard devant lui.

Mélanome

Graine de tournesol.

Melon

Insulte raciste souvent précédée d'un compliment.

Ex : Chapeau melon !

Ménopause

Poursuite du jeu sans les règles.

Mensonge

Principe de dire à l'autre ce qu'il a envie d'entendre.

Mer

Lac qui se la pète.

Merci

Mot qui écorche la gueule.

Mère

Madame 100 gènes.

Merguez

Chipolata circoncise.

Métamorphose

Envie de Kafka.

Métro

Train-train quotidien.

Milanaise

Pute reconvertie dans la restauration.
(Voir la salope milanaise.)

Mi-lourd

Comique à moitié drôle.

Mime

Pauvre ringard maquillé en blanc qui tente désespérément de nous faire croire qu'il est coincé derrière une vitre.

Minerve

Déesse des mauvais cous.
Fille de Coccyx et de Torticolis.

Minimum

Chose avec laquelle les pauvres doivent vivre.

Minivague

Permanente pour surfeur débutant.

Miracle

Intervention divine pas toujours réussie.
Ex : Hier, Jésus a changé l'eau en vain.

Miroir

Objet qui vieillit mal et qui réfléchit à tort et à travers.

Misérables

Pauvres mal habillés très bien décrits quand Hugo bosse.

Missel

Livre de messe à partir duquel on peut faire du beurre.
(Voir le beurre de missel.)

Moderato

Revue qui parle de vêtements et de jardinage.

Modestie

Vertu qui consiste à minimiser ses qualités, ce que personnellement j'ai fait toute ma vie alors que, vu mon intelligence, ma drôlerie et mon sens de la repartie, j'aurais pu me la péter grave.

Momie

Très vieille grand-mère qui ne fait plus bander personne.

Mondain

Homme qui biche.

Monoplace

Adjectif qualifiant une actrice X qui refuse la double péné.

Monozygotes

Se dit de jumeaux dont l'un bouge énormément dans le ventre de la mère.

Monseigneur

Noble dont on se demande s'il est amoureux.
Ex : « Est-ce qu'il en pince Monseigneur ? »
(Stéphane BERN)

Montgolfière

Grosse prétentieuse des steppes qui adore lâcher des gaz avant de s'envoyer en l'air.

Morgue

Buffet froid.

Mormon

Connard à qui tu n'as rien demandé et qui va baptiser ton arrière-grand-mère.

Morpion

Animal appelé à disparaître à cause de la déforestation.

Morse

Animal qui met un point d'honneur à tirer un trait.

Mort

Obsolescence programmée pour renouveler le parc humain.

Morue
Poisson des criées.

Motard
Mec qui insulte avec la main et remercie avec le pied.

Mouche
Bière portugaise.

Mouchoir

Petite étoffe blanche au départ et verte à l'arrivée.

Mouette

Oiseau partageur qui n'hésite pas à faire mouette-mouette quand il s'accouple.

Mouillage

Une fille qui vient mouiller dans un port, moi j'appelle ça une salope !

Moule

Mollusque dont l'aspect et l'odeur ressemblent étrangement à lor[illegible]

(L'auteur s'excuse pour cette tâche d'encre qui permet toutefois aux lecteurs de faire l'économie d'une blague lourdingue.)

Moustique

Insecte qui se la pète parce qu'il croit qu'on l'applaudit.

Musée

Endroit où sont exposés des tableaux dont personne ne voulait au départ.

Musulman

Personne qui ne se demande jamais si c'est du lard ou du cochon.

Mycose
Champignon qui fait des salades quand on le ramène à la maison.

Mygale
Quartier de Paris où Spiderman va aux putes.

Mystiques
Personnes contre lesquelles il n'existe malheureusement pas de répulsif.

Mythologie
Vieilles légendes des maisons détruites par la naphtaline.

Mytiliculteur
Éleveur de moules et par extension toute personne ayant plus de trois filles.

N

Nadir

Chanteur au plus bas qui ne fera jamais le zénith.

Narine

Trou de nez dans lequel les automobilistes fouillent au feu rouge, d'où l'expression « Engagez-vous dans la narine ».

Narrer

Raconter des histoires graveleuses.
Ex : Narrer du cul.

Nazi

Officier qui a su faire contre mauvaise fortune bunker.

Néanmoins

Expression préférée de Michael Jackson.

Nécrophile

Violeur qui a peur des procès.

Négociant

Arménien qui a changé de nom.

Nénuphar

Plante qui a rapporté beaucoup de monnaie à Monet.

Népalais

Beau-gosse himalayen.

Névroses

Traumatismes dus à nos parents que l'on refile à nos enfants.

Nitroglycérine

Liquide qu'il ne faut surtout pas transporter quand on a le hoquet.

Niveau

Outil qui coince la bulle toute la journée.

Non-sens

Phrase absconse dont le propos nous renvoie au postulat de départ sans en altérer le point de vue objectif contrairement à son inverse.

Nuancier

Objet qui nous en fait voir de toutes les couleurs.

Nyctalope

Mot beaucoup moins grossier qu'on l'imagine.

Nycthémère

Pareil.

Nymphomane

Idéal féminin du priapique qui peut redonner le sourire à tout un village.

O

Oasis

Point d'eau dans un endroit où il n'y a point d'eau.

Obole

Petite offrande qui permettait aux plus pauvres d'aller chez le coiffeur.
(Voir la coupe obole.)

Océan

Vaste étendue de matières plastiques dans laquelle on peut encore trouver quelques poissons.

Occupation

Fait passer le temps sauf si elle est allemande.

Odeur

Témoin à charge du pet.

Œcuménique

Personne tolérante qui accepte toutes les sexualités.

Œdipe

Premier fils de pute.

Œuf

Coquille fragile et susceptible qui peut se brouiller très vite quand on lui rappelle d'où elle sort.

Oignon

Légume qui fait pleurer quand on l'épluche et crier quand on le bouffe.

Ombre

Cadran solaire portatif.

Onanisme

Pratique qui consiste à faire l'amour a cappella.

Ongle

Prologue du proctologue.

Open space

Grand bureau où tout le monde surveille tout le monde et du coup plus personne ne branle rien.

Ophtalmologiste

Seul médecin qui travaille à l'œil.

Opiner

Branler du chef.

Synonyme : Secrétaire.

Optimiste

Mec qui roule sans ceinture, qui fume des sans-filtres et qui baise sans capote.

Oraison

Compliment auquel l'intéressé ne peut pas répondre.

Orbite

Trou à l'œil.

Oreille

Organe de l'ouïe coupé par Vincent.

Orgasme

Point culminant de la jouissance que les ados ont hâte de partager avec quelqu'un.

Origami

Art japonais qui ne convient pas aux feuilles de peuplier.

Ornithorynque

Créature sûrement conçue avec les restes d'autres animaux.

Orphelin

Enfant qui tuerait père et mère pour avoir une famille.

Orphelinat

Établissement jamais emmerdé par les réunions de parents d'élèves.

Orthographe

Raigle et husage qui régi la maniaire d'écrire les maux.

Oscar

Nain Dujardin.

Otage

Journaliste qui fait preuve de retenue.

Otarie

Animal qui pratique le stand-up en surveillant les réactions de son public.

Oui

Mot à ne jamais prononcer devant des témoins.

Ouistiti

Petit singe responsable de millions de têtes de con sur les photos.

Outrance

Petit village de France où se réunissent les partouzeurs.
Ex : « Hier, avec ma femme, on a baisé à Outrance. »

Ouverture

Petite porte dans les loges des concierges.
(Voir L'ouverture de *Carmen.*)

Ouvreuse

Femme à qui on donne une pièce avant de la regarder.

Ovaire

Gonade femelle souvent enflammée sans que cela empêche la pénétration.

Ex : Quand le feu est ovaire, je passe.

Overdose

Film dont l'héroïne est très mauvaise.

P

Pack

Emballage qui réunit plusieurs bouteilles. Pour la vodka, voir le pack de Varsovie.

Paillasson

Petit tapis brosse qui lorsqu'on l'utilise nous donne des allures de chien qui vient de chier.

Palace

Hôtel où malgré le prix on trouve quand même un poil de cul dans la baignoire.

Palier

Endroit où la concierge décompresse.

Palmeraie

Choix dans la datte.

Palourde

Coquillage dont la femelle évite les vannes de cul.

Panaris

Petit oiseau jaune rempli de pus.
(Voir les îles Panaris.)

Pape

Chef des pédophiles.

Papillon

Chenille qui redémarre.

Paradis

Projet immobilier n'ayant aucun appartement témoin.

Paradis (terrestre)

Grand parc arboré offert à un jeune couple naturiste qui en a été expulsé après un litige sur un arbre fruitier (lire *Du pommier au péché* de Jean-Pierre COFFE).

Paradis (fiscal)

Si les paradis artificiels conduisent en enfer, les paradis fiscaux conduisent en Suisse. (Charles AZNAVOUR)

Paradoxe

Pourquoi quand on dit d'une femme qu'elle a du chien, on veut lui bouffer la chatte ?

Paralytique

Pourrisseur de ola.

Parapet

Si un parapet peut sauver une vie, un pet de para peut tuer. (Général BIGEARD)

Parcimonie

Copine raisonnable.
Ex : Aujourd'hui j'ai donné aux pauvres avec parcimonie.

Parité

Utopie féminine que les hommes trouvent formidable en public et impensable en privé.

Parkinson

Maladie bien pratique quand on veut faire une mayonnaise.

Partage

Cauchemar du riche.

Partouze

Réunion Tupperware qui dégénère.

Passe-partout

Clef de petite taille.

Pastiche

Imitation d'un apéritif anisé.

Patati patata

Babillage incessant d'un enfant qui refuse catégoriquement de revoir ses deux tantes.

Patenté

Commerçant du Marais qui reste hétéro.

Pathos

Mousquetaire sous tranquillisant.

Patron

Enculé de droite.

Pauvre

Raté de gauche.

Pavé

Cube de gré qu'on prend de force.

Pavot

Arbre à cames.

Paysan

Type qui s'est surendetté pour faire du blé.

Pédagogue

Soupeur.

Pédiatre

Docteur qui voit des enfants qui souffrent et des parents qui se plaignent.

Pédoncule

Mot dangereux que même les fleuristes du Marais hésitent à employer.

Pédophilie

Action de mettre son majeur dans un mineur.

Pégase

Cheval flatulent.

Péniche

Bite portugaise.

Penseur (de Rodin)

Homme que l'on respecte pour sa capacité à réfléchir alors qu'il est juste en train de chier.

Pension

Cauchemar de l'enfant et du père divorcé.

Perchman

Technicien qui a intérêt à avoir un bon déodorant.

Péridurale

Petite coquetterie pour femme douillette.

Perroquet

Oiseau à qui on ne peut pas faire de confidence.

Perruquier

Artisan qui a de plus en plus de mal à s'implanter.

Pesticides

Invention géniale qui va redonner du travail aux chômeurs qui vont devoir polliniser toutes les fleurs à la place des insectes disparus.

Pet

Gaz intestinal souvent pestilentiel dont l'odeur plane au-dessus des têtes.
(Voir les pets de Damoclès.)

Pétard

« Le pétard c'est comme moi, plus il tourne et plus il défonce. »
(Rocco SIFFREDI)

Pétoncle

Coquillage qui donne des ordres vaseux à son tonton.

Pétrole

Or noir qui ruine la planète.

Phallus

Bite hellénique.

Phare

Lampe avec une grosse prise de terre.

Pharmacienne

Grosse connasse qui éprouve un malin plaisir à gueuler très fort devant tous les clients :
« Martine, une boîte de préservatifs Extra Small et une crème anti hémorroïdes pour le monsieur ! »

Philosophe

Penseur qui ouvre sa chemise pour s'aérer l'esprit.

Phoque

Animal qui, pour survivre, doit échapper à la chasse et à l'homophobie.

Piaffer

S'impatienter après Milord.

Picard

Dialecte qui jette un froid.

Pickpocket

Mec qui travaille les mains dans les poches.

Pie

Oiseau dont le sexe mesure
3,14159265358979323846264338327950288419716939937510582097494459230781640628620899862803482534211706798214886513282306647093844609550582231725359408128481117450284102701938521105559644622948954930381964428810975665933446128475648233786783165271201909145648566923460348610454326648213393607260249141273724587006606315588174881520920962829254091715364367892590360011330530548820466521384146951941511609433057270365759591953092186117381932611793105 1…
Merci de vérifier si je n’ai pas commis d’erreur.

Pièce montée

Gâteau qui fait ses choux gras de voir les couples divorcer.

Pied-noir

Français qui évite les pédiluves.

Pilote

Niqueur d'hôtesses.

Pilule

Cachet qui permet d'avoir des enfants quand on l'oublie.

Piment

Relève les plats et les cuvettes.

Pinailleur

Mari volage qui encule les mouches.

Pingouin

Oiseau pas manchot qui travaille au black comme garçon de café.

Pinson

Oiseau gay.

Pipe

Parc d'attractions de la bite.
« Si ceci n'est pas une pipe, qui a joui dans ma bouche ? »
(Georgette MAGRITTE)

Piranha

Poisson qui frime quand il est en bande.

Pirate

Bandit qui a troqué son bateau contre une souris.

Piscine

Les piscines c'est comme les femmes : ça coûte très cher par rapport au temps qu'on passe dedans.

Pistachier

Arbre jamais planté dans les stations de ski.

Piston

Petit coup de pouce de quelqu'un qui vous a déjà mis un gros coup de bite.

Pivoter

Tourner autour d'un axe avant de se diriger vers l'isoloir.

Placard

Quand la femme y rentre, elle est triste, quand l'homme en sort, il est gay.

Plage

Grande étendue qui nous met sur le sable quand on a payé la location des matelas.

Plagiste

Mec qui empile les matelas et les boudins.

Plaid

Couverture d'avocat.

Plain-pied

Maison de cul-de-jatte.

Plasticien

Sculpteur corse.

Platonique

Philosophe priapique.

Pléonasme

Phrase redondante qui ressasse et rabâche ce qui vient d'être énoncé en répétant des mots dont le sens est identique, ce qui donne une surabondance de termes qui s'empilent inutilement pour exprimer la même idée et dont les redites n'apportent plus rien au sens premier.

Ex : phrase normale :
« J'ai fait caca. »
phrase pléonasmique :
« En faisant la grosse commission, j'ai chié de la merde avec mon cul par mon trou de balle et de la crotte est sortie de mes fesses pleines d'excréments. »

Plinthe

Bande de bois sur laquelle on peut glisser une main courante.

Plombier

Artisan très demandé dans les films porno.

Podologue

Médecin qui n'a pas le temps de prendre son pied.

Poète

Artiste souvent maudit dont la vie ne rime à rien.

Poinçon

Petit outil très fiable toute l'année sauf en avril.

Point

Mot qui rythme la vie d'un couple, car un couple au point mort est un couple mal en point qui est sur le point de divorcer. Une mise au point est donc indispensable pour éviter le point de non-retour et pour retrouver un point d'ancrage qui éviterait le point final.
Un point, c'est tout.

Poisson

Animal chargé de métaux lourds à qui il faudra bientôt retirer un s.

Poissonnier

Homme à qui le devoir conjugal rappelle le boulot.

Poker

Jeu vulgaire où il faut des couilles et de la chatte.

Pole dance

Danse où la fille donne la barre au mec.

Polichinelle

Marionnette beaucoup moins drôle quand elle est dans le tiroir.

Politesse

Convention sociale qui consiste à ne pas répondre « Va bien te faire enculer connard » à quelqu'un qui demande son chemin.

Polygamie

Pratique qui rend les hommes heureux et les femmes malheureuses.

Pomme

Fruit des fendues.

Pompier

Éteint les feux et allume les filles.

Poncer

Activité préférée de Descartes : « Je ponce donc je suis. »

Pont-levis

Pont mobile qui ne laisse passer que les personnes d'obédience judaïque.

Pop art

Courant artistique qui met la soupe au prix du caviar.

Pop-corn

Grain de maïs qui s'éclate avant le film.

Porcherie

Bâtiment dédié à l'élevage des porcs et des ados.

Porte-parole

Personne qui assume haut et fort la connerie de tout un groupe.

Portier

Ouvre-boîte.

Potable

Se dit souvent d'une femme imbuvable.

Potache

Étudiant blagueur qui n'a qu'un seul testicule (il n'y a qu'une couille dans le potache).

Potasser

Réviser au point de perdre ses amis.

Pot-au-feu

Plat inventé en 14-18 à partir de viande d'amis morts au combat.

Potomane

Boit-sans-soif.

Pouce

Arrête les conflits quand on le lève et les voitures quand on le tend.

Poudreuse

Neige blanche qui promet de belles descentes et des montées très speed.

Pouf

Gros coussin pour filles vulgaires.

Poux

« L'avantage des poux par rapport aux bonnes notes, c'est que même les cancres peuvent en ramener de l'école. » (Jules FERRY)

Préliminaires

Bienséance du cul.
« L'étiquette veut que les préliminaires ne soient ni trop longs ni trop courts car ce qui importe en amour c'est de trouver le juste milieu. » (Nadine de ROTSCHILD)

Prématuré

Enfant couvé dès le départ.

Prépuce

Petit stand souvent tenu par un gland juste avant les puces.

Préservatif

Capote pour éjaculateur précoce.

Priorité

Primauté adroite.

Privé

Détective qui n'a pas droit au dessert.

Proctologue

Type qui a l'outrecuidance de vous demander 120 € pour vous mettre un doigt dans le cul alors que, franchement, si on cherche un peu on peut trouver des personnes beaucoup moins chères pour la même prestation et qui vous font des bisous en plus.

Prolo

Petit malin qui arrive à glisser bistro entre métro, boulot et dodo.

Promesse

Les promesses c'est comme les barres dans le métro : ça rassure mais on n'est pas obligé de les tenir.

Proverbe

Dicton populaire qui ne se vérifie pas toujours.
Ex : L'ennui porte conseil. Un petit séchoir vaut mieux qu'un gant chez les autres. On n'est jamais mieux sucé que par soi-même.

Proxénète

Plus Mac que PC.

Psy

Docteur qui n'accepte pas les chèques.

Psyché

Glace que l'on peut renverser sans s'en foutre partout.

Psychiatre

Marteau qui soigne les frappés.

Pubis

Endroit qui sert à se faire des amis. (Voir pubis relations.)

Pucelage

Légende urbaine au collège.

Puffin

Oiseau palmipède pas facile à nourrir.

Punk

Rebelle même pas vacciné contre le tétanos.

Purgatoire

Salle d'attente du paradis où le temps de passage n'est pas sans rappeler celui du Pôle Emploi.

Pustule

Dieu des boutons dans la mythologie grecque. Fils de Herpès et de Persée.

Putative

Prostituée qui bâcle son travail.

Putois

Animal qui pète et qui accuse l'autre.

Ex : « Si ce n'est putois, c'est donc ton frère. »

Puzzle

Preuve que malgré la brièveté de la vie, il y a des gens qui se font chier au point de passer des mois à reconstituer un tableau d'Auguste Renoir alors qu'ils pourraient l'avoir directement en achetant le poster.

Pygmée
Africain qui crache dans la soupe.

Pyramidale
Système qui permet de voir ce qu'il y a de plus laid au fond de la gorge.

Pyramide
En 3 : tombeau… triangle… Égypte.

Q

Quadra

Homme qui profite d'être à mi-parcours de sa vie pour tromper sa moitié.

Quadrijumeaux

Muscles activés par huit personnes.

Qualité

Mot que l'on oppose à « quantité », surtout quand on a un micro-pénis.

Question

Une bonne question est une question qui pose d'autres questions.
Ex : Y a-t-il des talibans naturistes ? Hulk avait-il la main verte ? Est-ce que le Géant Vert se gare en épis ? Pourquoi 100 coups fait rire ?

Quête

Collecte pour les cloches qui sont dignes d'un don.

Quinoa

Réaction d'un jeune végétarien à qui on explique qu'un chanteur français a gagné Roland-Garros en 1983.

Quinquennat

Période de cinq ans pendant laquelle le président de la République explique que s'il ne peut pas redresser la France, c'est la faute de son prédécesseur.

Quiproquo

Pataquès théâtral qui permet aux filles de rue d'emprunter les boulevards.

Quoi

Premier mot d'une engueulade.
Ex : Quoi ? Qu'est-ce que t'as dit sur ma mère ?

Quolibet

Paquet qui se fait railler par les autres car il n'est pas prioritaire. (Voir colis A.)

Quota

Mot qui en impose.

Quotidien

Le quotidien d'accord mais pas tous les jours !

R

Rabbin

Religieux qui coupe court aux cérémonies.

Radar

Appareil qui fait des photos floues et hors de prix.

Radiologue

Toubib qui en connaît un rayon.

Rage

Colère qu'il vaut mieux extérioriser si l'on ne veut pas souffrir de rage dedans.

Ragot

French cancan.

Raid

Unité de police spécialisée dans l'éradication des blattes.

Rapporteur

Outil de géométrie auquel on ne peut pas faire confiance.

Ras-du-cou

Pull qui à une lettre près ne sentait plus du tout pareil.

Rat

Rongeur dont la femelle se dilate quand elle rit.

RATP

Enlèvement en métro.

Ravioli

Deuxième prénom du copain de Robinson Crusoé.

Réalité

Dure exactitude de la vie que l'on peut heureusement fuir grâce à l'alcool, la drogue, les tranquillisants, les religions, voire même les quatre à la fois.

Rechigner

Contrat portugais qu'on doit signer deux fois.

Rectum

Trou du cul latin.

Règles

Si les hommes saignaient
tous les mois,
ils seraient certainement moins cons.
Ils ne feraient plus la guerre je crois,
ou seulement dans des zones
tampon.
(Than PAX)

Reinette

Petite grenouille au cul toujours propre.

Relieur

Seule personne qui relie avant de lire.

Religions

Supermarché de l'éternité.

Repassage

Sale gosse récidiviste.

Repos

Pourquoi est-ce le repos éternel qui nous travaille le plus ?

Requin

Poisson violent.

Réserve

Enclos pour Indiens timides qui en sortent uniquement pour faire le plein.

Ressort

Objet qui donne du fil à retordre.

Rétais

Personne à bicyclette rarement observée sans cachemire sur les épaules.

Revenus

Ce qui part le plus vite.

Révérence

Dernier truc que l'on tire avant de casser sa pipe.

Revers

Truc qu'on essuie quand on se frotte à la vie.

Révolté

Gourmand qui en a plein le cul de se taper toujours les mêmes sucreries.
(Voir les révoltés du Bounty.)

Révolutionnaire

Contestataire qui en a ras le béret.

Rhum

Alcool obtenu par Jésus à partir d'eau pendant les noces de Cana sucre.

Rideaux

Premier truc qu'on tire avant de baiser.

Rince-doigts

Bol d'eau citronnée indispensable dans les dîners et les partouzes.

Risoire

Pluriel de salaire.

Ex : Un salaire des risoirs.

Riz

Céréale surnommée titi par les enfants.
(Voir titi et graminée.)

Robot

Machine complexe qui prendra le pouvoir un jour pour dominer la planète mais qui en attendant nous sert à monter des œufs en neige.

Rodéo

Jeu sexuel qui consiste à avouer à sa femme pendant la pénétration qu'on a une maîtresse.

Roi

Monarque qui se fait tirer tous les 6 janvier.

Rondelle

Sorte de cercle mais en plus vicieux.

Ronflement

Tue l'amour encore plus fort quand il est associé à des flatulences.

Rose

Fleur à ne pas offrir en chiffres pairs afin de ne pas commettre d'impair.

Rosé

Vin du matin.

Roucouler

Comportement tendre des amoureux, à ne surtout pas confondre avec la mise en garde du Portugais qui gare sa caravane : « Attenchion, ché vais roucouler ! »

Roue

Invention attribuée aux Mésopotamiens (-3 500 av. J.-C.) qui a été contrecarrée par l'invention de l'alcootest (1965 après J.-C.).

Rougeole

Maladie qui, contractée en même temps que la jaunisse, permet d'obtenir un abonnement gratuit chez Orange.

Routard

Jeune aux cheveux longs et à l'hygiène douteuse qui voyage gratos partout dans le monde en tendant le pouce et qui ensuite se fait des couilles en or en écrivant des guides.

Rustine

Petite rondelle indispensable pour les hommes qui s'attachent à leur poupée gonflable.

Rut

Période d'activité sexuelle dans l'île de Baga.
(Voir le rut à Baga.)

S

Sabotage

Mot beaucoup plus drôle quand on le crie avec l'accent allemand.

Sadique

Partenaire attachant.

Saké

Alcool pour personnes licenciées.

Salière

« Les salières, c'est comme les femmes, plus elles sont humides, plus on leur défonce l'arrière. » (Rocco SIFFREDI)

Sans-papier

Étranger qui évite les flics et les toilettes.

Sapin

Conifère dont l'odeur rappelle la fin de l'année et la fin de la vie.

Sashimi
Plat japonais à ne surtout pas confondre avec le sashimou.

Satyre
Faune qui déflore.

Sauf
Petit mot qui sauve bien des réputations, surtout celle de ma mère.

Saute-moutons

Jeu que les naturistes couverts d'huile solaire ne pratiquent pas sans prendre un certain risque.

Scanner

Space mountain du cancéreux.

Scélérat

Bandit qui accuse les rongeurs.

Scientologie

Religion qui exige un RIB.

Scierie

Usine où l'on radicalise le bois.

Scrotum

Enveloppe qui fait d'une paire deux couilles.

Séborrhée

Sécrétion exagérée de sébum qui fait dire aux ados boutonneux du Nord : « Merde, la fille elle séborrhée ! »

Sèche

Mollusque dont la femelle ne mouille jamais.

Séchoir

Objet que l'on jette quand on laisse tomber sa partenaire.
Ex : « Salaud, pourquoi tu m'as laissée choir ? »

Secousses

Petits mouvements saccadés que les éjaculateurs précoces mettent rarement au pluriel.

Secret

Chose qui, comme mon sexe, passe de bouche en bouche et qui peut prendre des proportions énormes.

Self-control

Restaurant où on essaye de ne pas renverser son plateau.

Séminaire

Week-end de travail organisé dans des endroits où les portables passent très mal et où les maris sont très durs à joindre.

Semi-rigide

Bateau coordonné à ma bite.

Sérendipité

Découverte et invention liées au hasard.

Ex : Christophe Colomb cherchait la route des Indes, il se perd et trouve l'Amérique.

Alexander Flemming a de la moisissure sur la bite, il invente la pénicilline.

Benoît Martin se caresse dans sa chambre à l'âge de 15 ans, sa mère le surprend au pire moment, ils inventent l'éjac' faciale.

Serment

Promesse numérotée validée par une poignée de main.
Ex : Serment 5.

Setter

Chien ponctuel.

Sexto

Texto très hot qui peut faire des ravages si on se trompe de destinataire.

Exemples de sextos authentiques envoyés par des potes :
« J'ai encore le goût de ta chatte dans ma bouche »
(envoyé à sa mère).
« J'ai envie de te faire jouir trois fois de suite »
(envoyé à sa fille).
« Si tu continues à me baiser comme ça, je vais quitter ma femme plus vite que prévu »
(envoyé à sa femme).

Sikhisme

Religion indienne pourrie par le dopage.

Silence

« En matière de pédophilie, le silence est une vertu cardinale. » (Monseigneur BARBARIN)

Singe

Proche cousin qu'on emmène au zoo.

Sinistre

Mot qui désigne un désastre naturel et la gueule de l'assureur qui doit rembourser.

Sitar

Instrument indien utilisé pour les tapages nocturnes.

Ski

Deuxième sport de glisse après l'amour.

Slip

Premier témoin de l'accident.

Slogan

Sous le pavé les frites.
(Paul BOCUSE)

Slow

Machine à pelles.

Smartphone

Téléphone qui sera vraiment intelligent le jour où une application nous expliquera comment s'en passer.

Sodomie

Itinéraire bis.

Soigneur (animalier)
Employé d'un zoo souvent responsable d'inondations. (Voir des gars des zoos.)

Soixantaine
Dernière part de quatre-quarts.

Soldes
Période pendant laquelle on achète des choses dont on n'a absolument pas besoin sous prétexte que c'est moins cher.

Soleil

Il y a trois choses que l'homme ne peut pas regarder en face, le soleil, la mort, et le visage de celui ou celle qu'il sodomise.

Solex

Harley du pauvre.

Solfège

Truc qui empêche d'apprendre la musique.

Soliloque

Discours de quelqu'un qui se parle à lui-même, la plupart du temps pour se dire des choses sans aucun intérêt et sans queue ni tête. Si ce radotage est courant chez les personnes âgées, heureusement il épargne les écrivains qui n'auraient aucun intérêt à coucher sur le papier leurs divagations qui feraient fuir les lecteurs qui recherchent avant tout une écriture concise et stylée au service d'un récit ou d'un propos et non pas une bouillasse informe, sorte de logorrhée littéraire n'ayant pour seul objectif que de remplir la page 326 et non pas de développer une intrigue ou une réflexion propre à divertir ou à faire réfléchir la personne qui a dépensé 19,90 euros dans cet ouvrage et qui est en droit d'attendre pour ce prix autre chose qu'un délire redondant autour d'une pseudo-définition à rallonge, alors que le contrat de départ était d'offrir des définitions courtes, drôles et bien senties. Résultat de ce gâchis, l'auteur aura beau écrire à l'avenir tous les livres qui lui passeront par la tête, il n'en vendra plus aucun car l'ancien fan qui avait acheté en confiance cette intégrale gardera à jamais le souvenir cuisant de la définition du mot soliloque et, quand il passera devant la librairie où les nouveaux ouvrages de l'auteur seront exposés, il crachera sur la vitrine en gueulant : « Va bien te faire enculer fils de pute, tu m'as baisé une fois mais tu m'auras pas deux ! »

Solives

Pièces de charpente vertes ou noires qu'on peut fourrer avec des anchois.

Solutions

De la charade :

Vattau fer an cul lait.

De l'énigme : Ce dictionnaire.

Sommeil

« Plus le sommeil est profond, moins la fille porte plainte. » (G. H.-B.)

Sommets

Ce que l'on atteint quand on descend très bas.

Soupir

Truc qu'on pousse quand on tire.

Sourd

Comment ?

Sous-préfète

Femme qui aspire à sucer directement le préfet plutôt que son sbire.

Souvenir

Objet pourri qu'on achète pour se souvenir d'un bled de merde.

Soviet

Représentant de la nation russe qui travaillait par intermittence. (Voir les soviets périodiques.)

Sperme

Le sperme c'est comme la mort, ça renouvelle l'humanité mais c'est dur à avaler.

Sportif

Athlète incapable de conjuguer son exploit à l'imparfait du subjonctif.

Stalactite/stalagmite

C'est comme les ascenseurs : on sait jamais lequel monte et lequel descend.

Star

Mot galvaudé qui désigne à la fois les mythes de Hollywood et les pouffes de la téléréalité.

Statistique

D'après mes calculs,
69 % des lecteurs de ce livre seront satisfaits ;
19 % seront déçus ;
7 % seront fous furieux d'avoir claqué 19,90 euros pour une merde pareille ;
et 2 % me rechercheront partout dans la ville pour me faire bouffer cet ouvrage feuille par feuille.

Stère

Mètre cube de bois vendu à Fred.
(Voir Fred Astaire.)

Steward
Hôtesse de l'air gay.

Stoïcisme
Doctrine basée sur la vertu et le renoncement.
Ex : « Aujourd'hui, je n'ai pas baisé, Épictète que demain non plus. »

String
Divise les fesses, multiplie les regards.

Stylo

Arme de pointe.

Sucer

Aspirer à se faire des amis.

Sucre

Mot à prendre avec des pincettes.

Sudoku

Jeu feng shui.

Suicide

Seule façon de commettre un crime sans s'exposer à des représailles.

Suisse

Européen qui a du coffre.

Suivant

Abruti planté derrière le connard qui le précède et le crétin qui le suit.

Suppositoire

Médicament qui ne laisse pas un sale goût dans la bouche.

Surdité

Feuilles mortes.

Surdoué

Enfant souvent abusé sexuellement par ses camarades de classe qui ont huit ans de plus que lui.

Surfeur

Beau mec au bout du rouleau.

Surtout

Mot très important qu'on néglige trop souvent.
Ex : « Voilà le jardin, Ève je te présente Adam, vous pouvez vivre à poil, baiser à couilles rabattues, faire tout ce que vous voulez, mais surtout, surtout, défense de toucher aux pommes !!! »

Suspect

Pervers gazophile.

Syllogisme

Raisonnement tiré par les poils du cul.

Ex 1 : Le premier de la classe est un fayot. Les fayots font péter. Donc le premier de la classe fait péter.

Ex 2 : Les femmes qui demandent de l'argent sont des putes. Ma boulangère me demande de l'argent. Donc ma boulangère est une pute.

Syphilis

MST qui a tué Toulouse-Lautrec, Charles Baudelaire, Alphonse Daudet, Georges Feydeau, Guy de Maupassant et qui a épargné mon connard de beau-frère.

T

Tabouret

Mot sur lequel je n'ai aucun dossier.

Tailleur

Artisan jamais là.
Ex : « Mon mari est tailleur. »

Talon

Faiblesse d'Achille et point fort de Louboutin.

Tapisser

Recouvrir de honte une personne âgée en l'accusant d'incontinence.

Tatouage

Chose à laquelle il faut bien réfléchir avant de se lancer, à moins de ne baiser que des filles qui portent le même prénom.

Taxidermie

Pratique qui permet de garder sa grand-mère plus longtemps dans le salon après sa mort.

Tchador

Prison portative.

Télé

Appareil à l'écran plat et au contenu creux.

Télékinésie

Pouvoir de faire bouger les choses par la pensée.

Ex : « Quand je pense à Fernande, je bande ! »

Télépathie

Concentrez-vous et vous saurez ce que je pense de ce mot.

Téléski

Pour certaines, le seul moyen de se faire tirer à la montagne.

Temps

Enfant le temps s'étire, adulte le temps se tire car mon passé très présent rend mon futur imparfait.

Tennis

Sport de gentleman avant l'arrivée de Nastase, Connors et McEnroe.

Téphrite

Roche volcanique souvent convoitée par son voisin de table.
Ex : « Tu finis pas téphrite ? »

Terroir

Mot magique qui autorise à manger gras et à picoler quitte à faire exploser son cholestérol et ses gamma-GT.

Testament

Papier qui déchire.

TGV

Train où le prix du sandwich est indexé sur la vitesse.

Thaïlande

Lieu de villégiature préféré des ministres de la Culture.

Thalassothérapie
Endroit où l'on s'allonge pour faire des bains de boue.

Théâtre
Endroit où l'on bâille aux Corneille.

Théologie
Discipline que les vieux Anglais pratiquent tous les jours at five o'clock.

Tiaré

Fleur de Polynésie au parfum enchanteur mais au nom répulsif.

Ticket

Chose indispensable pour monter dans un bus ou rentrer dans une fille.

Tiède

Mot qui ne fait ni chaud ni froid.

Tilt

Mot qui fait flipper.

Timide

Personne qui manque d'audace
et qui n'osera jamais dans une soirée
prendre la main d'une jolie fille
pour l'inviter à danser un slow afin
de l'embrasser fougueusement avant
de l'entraîner dans les toilettes pour
la déglinguer frénétiquement en lui
claquant le cul tel un cow-boy
en plein rodéo.
Du coup, il rentrera chez lui frustré,
avec une furieuse envie de se masturber,
mais là encore sa timidité l'empêchera
de tendre la main vers sa bite afin de
l'enserrer pour lui faire faire des
va-et-vient de plus en plus rapides qui lui
permettraient d'évacuer pour
un temps sa tension sexuelle.
Finalement il ira chez un armurier
où il achètera un pistolet automatique
avant d'entrer dans un fast-food pour
tirer sur des femmes au hasard, laissant
derrière lui quatorze
victimes au sol.

Tirailleur

Soldat infidèle.

Tir à l'arc

Sport qui fait bander.

Tirelire

Écureuil déguisé en cochon.

Tirer

Action qui marque les périodes de la vie. L'ado se tire sur l'élastique. L'homme tire des gonzesses. Le retraité tire une caravane. Le vieillard tire sa révérence.

Toilettes

Endroit où les hommes pissent en lâchant des caisses pendant que les femmes se refont une beauté.

Ton

Mon quand on me l'a donné.

Tortue

Animal qui accepte de tenir compagnie aux homosexuels à la condition exclusive d'être accompagné de deux canaris et d'une chatte.

Tourista

Conséquence courante du changement d'alimentation qui permet d'avoir du liquide à l'étranger.

Toussaint

Fête des Morts pendant laquelle des gens se tuent sur la route.

Toux

Irritation de la gorge qui permet à n'importe quel joueur de poker d'avoir une quinte.

Tragédien

Acteur qui monte sur les planches pour en faire des caisses.

Train

Pluriel de doute.

Ex : Un doute mes trains.

Singulier de rail.

Ex : Un train des rails.

Traînée

Femme débauchée qui laisse une trace dans le ciel quand elle s'envoie en l'air.

Trampoline

Sport qui permet d’espionner chez le voisin par intermittence.

Trapéziste

Artiste de cirque qui frôle la mort et qui s’en balance.

Travail

Boulot qui fait tâche.

Travesti

Il flottante.

Trémolo

Tremblement dans la voix des hommes qui avouent leur impuissance.

Ex : « C'est vrai, Jeannine, aujourd'hui je suis trémolo. »

Trésor

Fait rêver quand il est privé et peur quand il est public.

Trimaran

Voilier qui fait des blagues pendant la traversée.

Triolisme

Relation sexuelle impraticable à Sète.

Trou

Endroit d'où l'on vient et où on finira.

Troufion

En un mot, simple soldat, en deux, double orifice.

Trouvère

Baladin qui a mangé des épinards.

Truelle

Outil de maçon qui symbolise la dureté de l'existence.

Ex : « La vie est truelle. »

(Roberto DA SILVA)

Truffe

Organe dont le chien se sert pour en trouver d'autres.

Truie

Grosse cochonne qui n'a aucune envie de balancer son porc.

Trust

Firme antisociale qui perd son sang-froid.

Tu

Console de je.

Tuba

Instrument qui a la palme dans un orchestre.

Tunique

Proposition vareuse.

Tunnel

Piège à princesse.

Turbo

Poisson pas facile à attraper.

Turbulences

Vents violents qui peuvent nous faire passer d'athée à croyant en quelques secondes.

Turlupiner

Tracasser son partenaire sexuel en voulant faire deux choses à la fois.

Tutu

Trophée du dératiseur.

Tyran

Surnom que me donnent ma femme et mes enfants sous prétexte que je les enferme à la cave quand je pars en week-end.

U

Ukulélé

Contrebasse pour personne de petite taille.

Ultimatum

Injonction pressante censée faire céder la partie adverse.

Ex : « Papa, je te préviens, si tu ne te retires pas immédiatement je vais le dire à maman ! »

Unicellulaire

Prisonnier qu'on ne déplace jamais.

Uniforme

Vêtement qui permet d'identifier les cons.

Unijambiste

Personne qui en cas de panique prend sa jambe à son cou.

Uranium

Plus on l'enrichit, plus on s'appauvrit.

Urètre

Canal qui part de la vessie et qui aurait été relié au canal lacrymal si on en croit les personnes qui affirment « chiale, tu pisseras moins ! ».

Urgences

Service hospitalier où il ne faut pas être pressé.

Urne

Permet de voter en Corse surtout quand elle est funéraire.

V

Vacances

Période pendant laquelle les hommes refont l'amour à leur femme.

Vacherie

Petite vengeance bien ruminée.

Vagin

Équivalent d'une attraction à Disneyland. On fait la queue pendant des heures avant de rentrer, et une fois à l'intérieur, ça ne dure que trois minutes.

Vainqueur

Personne souvent chanceuse qui peut faire penser que le vainqueur a du cul et que le vaincu a du cœur.

Vampire

Revenant très incisif.

Varice

Carte routière des vieilles.

Vasectomie

Au revoir les enfants !

Vaseline

Condiment pour tournedos.

Velcro

Invention découverte par hasard par un moustachu qui faisait un 69.

Vendangeuse

Femme qui lâche la grappe de son mari pendant le travail.

Vent

Déplacement d'air qui gonfle les voiles et salit les slips.

Ventilateur

Appareil qui brasse de l'air. **Synonyme :** Commentateur sportif.

Ventriloque

Artiste de cabaret qui a le bras qui sent la merde.

Ver

Animal qui vous tient bizarrement compagnie quand il est solitaire.

Verger

Terrain sur lequel poussent des verges. À ne pas confondre avec le vaginier qui est juste un terrain plein de trous.

Vergetures

Confirmation qu'une mère a ses enfants dans la peau.

Vérité

« La vérité sort de la douche des enfants. »
(Michael JACKSON)

Verlan

Gagelan chanmé qui vénère ma reum et qui fait ièch mon reup, les keufs ripoux et les tepus tebés qui fuseré de ken avec des caillerας chelous contre de la beuh qu'on peut méfu sur de la zicmu qui chirdé.

Verre

Un verre à pied ne va pas plus loin qu'un autre.

Vertige

Peur en haut de l'échelle des phobies.

Verveine

Plante qui bizarrement n'a jamais intéressé les narcotrafiquants.

Veste

Vêtement que l'on peut tailler à celui qui la retourne.

Vétérinaire

Gros vicelard qui pratique le fist-fucking sur des vaches sans être inquiété par la justice.

Véto

Médecin pour animaux qu'on peut jeter violemment pour s'opposer à une loi.

Veuve

Femme fatale.

Vexer

Blesser quelqu'un dans son amour-propre.

Ex :

lui : « Docteur, vous pensez que je devrais me faire refaire le nez ? »

le docteur : « Franchement, à votre place, j'irais plutôt aux truffes. »

lui : « Mon amour, ça ne te gêne vraiment pas que j'aie un tout petit pénis ? »

elle : « Mais non, t'inquiète, c'est marrant de baiser avec une loupe ! »

elle : « Chéri, tu ne trouves pas que ce jean me fait un gros cul ? »

lui : « C'est pas le jean qui te fait un gros cul, c'est le Nutella, connasse ! »

Viager

Principe amoral qui consiste à investir dans la pierre en espérant qu'elle soit tombale.

Viagra

Pilule qui redonne de l'espoir aux vieux et du souci aux vieilles.

Vibreur

Mode idéal pour recevoir un sexto.

Vibromonfrère

Sex-toy pour hommes.

Videur

Gros con ravi qu'on le mette à la porte.

Vie

Période aléatoire entre le néant et le néant.

Vieillesse

Dérive des incontinents.

Vinaigre

Si le vinaigre acétique, que dire de Vincent Lindon ?

Virgule

Petit signe de ponctuation qui peut totalement changer le sens d'une phrase si on la place mal.

Ex : « En Alaska, Martine suce un esquimo au café. »

« En Alaska Martine suce un esquimau, au café. »

Virilité

Vieux souvenir de quinqua.

Vis

Clou qui a bien tourné.

Visage

Terre à rides.

Vis-à-vis

Disposition d'immeubles qui permet au voisin d'en face de nous montrer sa bite quand on est à table.

Vison

Petit mammifère dont le plus gros prédateur est la pute.

Vitrine

Ce que les femmes lèchent en premier.

Vivier

Équivalent des vitrines d'Amsterdam pour les homards.

Voiture

Objet dont la prolifération annule sa fonction première.

Voiturier

Petit malin qui peut conduire des voitures de luxe grâce à une simple casquette.

Volontaire

Connard qui fait un pas en avant quelle que soit la proposition.

Voltaire

Fauteuil pour candides.

Volume

Bouton qui incite les voisins à appeler les flics.

Vouloir

Verbe responsable de nombreuses déceptions quand il est confronté au verbe pouvoir.

Voyage

Envie de partir dont la durée est déterminée par l'envie de revenir.

Voyeur

Personne stupide qui mate les culs des filles planqué dans un fourgon.
(Voir le con voyeur de fion.)

W X Y

Wagon

Mieux vaut sucer dans le wagon de queue que penser dans le wagon de tête.

Wallon

Dialecte belge haut en couleur à ne pas confondre avec le flamand.

Flamand → rose

Wallon → rouge

Water-polo

Sport qui consiste à jeter ses vieux vêtements dans les toilettes.

Week-end

Période de repos pendant laquelle on fait tous les trucs chiants qu'on n'a pas eu le temps de faire dans la semaine.

Western

Film à deux balles où le méchant en prend une.

Whippet

Chien à qui on passe tout.

Wikipédia

Encyclopédie du Net qui permet à n'importe quel connard de se prétendre journaliste.

Wok

Poêle profonde qui permet de cuisiner à l'envers.
(Voir le moon wok.)

X

Pourquoi classer X les films de Q ?

Xénophile

Personne qui manifeste de la sympathie pour les xénophobes étrangers.

Xérès

Vin qui fait chanter car il a le label de Cadix.

Yack

Ruminant de plaisance.

Yaourtière

Machine qu'on a tous achetée pour ne s'en servir qu'une fois et qui encombre notre placard depuis bientôt dix ans, mais que bizarrement on ne peut pas se résoudre à jeter car on se persuade inconsciemment qu'un beau jour on la ressortira pour refaire une nouvelle fournée de yaourts avant de la remiser à nouveau pour des siècles et des siècles. Amen.

Yéti

Montagnard très laid
avec une grosse pelle.
(Voir l'abominable homme déneige.)

Yoga

Permet d'ouvrir ses chakras et de fermer sa gueule.

Yourte

Tente de Mongols à la taille fine.

Youyous

Cris qui percent les tympans des filles qui vont se faire percer l'hymen.

Yoyo

Jouet qui a des hauts et des bas.

Z

Zadiste

Propriétaire contesté d'une cabane en palettes.

Zaïrois

Africain ayant inspiré un célèbre chant révolutionnaire français : « Ah Zaïrois, Zaïrois, les aristocrates à la lanterne ! »

Zambiens

Africains au comportement irréprochable.

Zèbre

Petit cheval glandeur qui passe la journée à traîner en pyjama.

Zébu

Aveu d'alcoolique.

Zèle

Pratique idiote qui consiste à travailler plus pour gagner pareil.

Zénitude

État de décontraction qui permet de garder le sourire pendant un examen de la prostate.

Zéro

Chiffre inventé par les Arabes pour noter leur accueil en France.

Zeugma

Raccourci syntaxique.
Ex : « Ce matin, j'ai enfilé mon manteau et ma voisine qui suçait une pastille et ma teub. »

Zibeline

Petit mustélidé témoin de pas mal d'erreurs judiciaires.

Zizanie

Discorde qui peut survenir surtout dans les couples mixtes. (Voir Laziz-Annie.)

Zoo

Seule prison au monde où les détenus se masturbent devant les enfants.

Zoute

Pubis presque imberbe.
Ex : « J'ai qu'un poil à ma zoute ! »

Composition et mise en pages
Nord Compo à Villeneuve-d'Ascq

Achevé d'imprimer en octobre 2022
par Normandie Roto Impression s.a.s. à Lonrai
pour le compte des éditions KERO
21, rue du Montparnasse 75006 Paris

PAPIER À BASE DE FIBRES CERTIFIÉES

KERO s'engage pour l'environnement en réduisant l'empreinte carbone de ses livres. Celle de cet exemplaire est de :
1,1 kg éq. CO_2
Rendez-vous sur www.kero-durable.fr

N° d'éditeur : 7416617/01
N° d'impression : 2204771
Dépôt légal : novembre 2022
Imprimé en France